A cadeira vazia
Um encontro (im)possível

Editora Appris Ltda.
1.ª Edição - Copyright© 2024 da autora
Direitos de Edição Reservados à Editora Appris Ltda.

Nenhuma parte desta obra poderá ser utilizada indevidamente, sem estar de acordo com a Lei nº 9.610/98. Se incorreções forem encontradas, serão de exclusiva responsabilidade de seus organizadores. Foi realizado o Depósito Legal na Fundação Biblioteca Nacional, de acordo com as Leis nᵒˢ 10.994, de 14/12/2004, e 12.192, de 14/01/2010.

Catalogação na Fonte
Elaborado por: Josefina A. S. Guedes
Bibliotecária CRB 9/870

	Fernandes, Helenita
F363c	A cadeira vazia: um encontro (im)possível / Helenita Fernandes; ilustrações
2024	Lucielli Trevizan. – 1. ed. – Curitiba: Appris, 2024.
	28 p. : il. color. ; 21 cm.
	ISBN 978-65-250-5865-8
	1. Literatura infantojuvenil. 2. Família. 3. Psicodrama. 4. Espiritualidade.
	I. Título.
	CDD – 028.5

Appris
editora

Editora e Livraria Appris Ltda.
Av. Manoel Ribas, 2265 – Mercês
Curitiba/PR – CEP: 80810-002
Tel. (41) 3156 - 4731
www.editoraappris.com.br

Printed in Brazil
Impresso no Brasil

Helenita Fernandes

A cadeira vazia
Um encontro (im)possível

Ilustrações Lucielli Trevizan

artêrinha

FICHA TÉCNICA

EDITORIAL	Augusto V. de A. Coelho
	Sara C. de Andrade Coelho
COMITÊ EDITORIAL	Marli Caetano
	Andréa Barbosa Gouveia - UFPR
	Edmeire C. Pereira - UFPR
	Iraneide da Silva - UFC
	Jacques de Lima Ferreira - UP
SUPERVISOR DA PRODUÇÃO	Renata Cristina Lopes Miccelli
PRODUÇÃO EDITORIAL	Miriam Gomes
REVISÃO	Arildo Junior / Alana Cabral
PROJETO GRÁFICO	Lucielli Trevizan
REVISÃO DE PROVA	Jibril Keddeh
MÚSICA QUE CONSTA NO TEXTO:	"Índia" Composição: Manuel Ortiz Guerrero / Jose Fortuna / José Asunción Flor.

Em memória do meu pai.
Minha forma de proporcionar esse
encontro mágico com sua neta.
Aos encontros possíveis e (im)possíveis.

Leitura emocionante desde o primeiro momento, reportei-me à minha infância. Histórias de netas e avôs que deveriam acontecer sempre... e acontecem. Um contato direto com a emoção e o amor. Recomendo pela doçura da mensagem, verdade e pela meiguice em dizer o quanto temos de amor para dar e receber. Indicado para todos os públicos, inclusive para utilização em terapias infantojuvenis, área que é muito carente de leituras como esta.

Uma mensagem terna, de amor e fé. Por fim, o livro A Cadeira Vazia é altamente recomendável.

Iara Monjardim

Psicóloga, psicodramatista, arteterapeuta, diretora da Pegasus Desenvolvimento e Consultoria Ltda, localizada no estado do Espírito Santo.

A cada palavra lida, foi aumentando meu encantamento, pois se trata de uma obra que faz um perfeito diálogo entre o sério e o lúdico, leveza e profundidade, dureza e sensibilidade e entre o imaginário e o real. A autora nos brinda com o produto de sua criatividade que nos toca tanto pelo visual quanto pelo intelectual. Está indicado para infantojuvenis, porém deve ser lido por seus pais, tios, avós e bisavós.

Dra. Márcia Pereira Bernardes

Doutora em Psicologia e Psicodramatista. Fundadora e diretora da Locus Psicodrama e está entre as principais referências da área no Brasil. Autora do livro *Metodologia Científica e Psicodrama: porque escrever pode ser prazeroso.*

A cadeira vazia, o livro e a técnica são oportunidades de encontro. Essa técnica criada por Fritz Perls é utilizada na Gestalt-terapia para promover um aumento da consciência, realizar diálogos necessários e improváveis e finalizar situações inacabadas. É uma técnica analógica em que muitas coisas são possíveis. Dentre elas, elaborar o luto pela perda de um ente querido, criar conversas entre a população de pessoas que somos e enfrentar conflitos internos. Ao ler este texto tão sensível, tocante e criativo, fiquei feliz por essa autora que utilizou um instrumento terapêutico de forma literária. Essa é uma técnica que traz uma nova vida a quem a utiliza, do mesmo modo que neste texto promoveu um encontro tão valioso e amoroso.

Com carinho,

Sandra Salomão
Mestre em Psicologia Social e Psicóloga Gestalt-Terapeuta. Diretora técnica do CgT Sandra Salomão, entidade de capacitação profissional continuada e prestação de serviços de psicologia.

— Mãe, por que meu avô não me esperou?
E assim começa esta história...

Oi, meu nome é Iara, tenho 10 anos, quase uma pré-adolescente, e estava conversando com minha mãe quando fiz essa pergunta. Ela me olhou profundamente, parecendo olhar além de mim, com os olhos brilhantes, e veio com uma loooonga explicação. Sabe aquele textão que quando chega na metade a gente já se perdeu? Pois é... começou com algo tipo:

– Filha, nós não escolhemos o momento que partimos, certamente se seu avô pudesse escolher... blá-blá-blá... ele iria te amar de cara... blá-blá-blá..., mas agora é uma estre-linha... blá-blá-blá... nunca morrerá nos nossos corações.

Nessa hora, ela estava tão emocionada que eu só queria abraçá-la. Encerramos o papo assim.

Minha mãe sempre falou muito do meu avô. Tanto que parecia que eu o conhecia, só que quando eu nasci ele já não estava mais por aqui. Sempre tive muita vontade de encontrá-lo.

Até que em um belo dia, eu estava pensando nisso na minha cama e fixei os olhos em uma cadeira de balanço que está no meu quarto desde quando eu era bebê, e você pode não acreditar, mas ela começou a balançar sozinha! Uau! Eu quase saí correndo de lá, de tanto susto, mas sempre fui muito curiosa e resolvi ver o que iria acontecer. Aos poucos, vi um senhorzinho simpático olhando para mim e dizendo:

– Oi, querida...

De repente, eu reconheci! Era meu avô!!! Surreal, não é mesmo?

Uma parte de mim queria sumir dali, mas outra parte queria aproveitar aquela oportunidade.

O que acha que fiz? Claro, né!

Eu fiquei. Dããã!

Então, batemos um papo que ficará marcado para sempre em minha memória.

Adivinha qual foi minha primeira pergunta?

— Vô, por que você não me esperou?

Aí lembrei a looooonga explicação da minha mãe e me arrependi.

— Desculpa, vô! Eu não sou mal-educada não, tá? É que sinto muito a sua falta... muito louco, né? Já que eu nem mesmo cheguei a conhecê-lo, mas minha mãe fala tanto de você.

Sei que comecei a disparar a metralhadora da fala, falei sem parar por um bom tempo, lembrei no textão da minha mãe e comecei a rir.

— Vô, desculpa de novo! É que essa situação é tão diferente que eu não sei bem como lidar com isso. Quero muito conhecer você.

– Querida, estou aqui para isso. Como sua mãe bem disse, não tive escolha, se pudesse teria escolhido ficar para poder abraçá-la e acompanhar seu crescimento. Já a história da estrelinha é besteira. Mas deixa quieto, sua mãe adora essa história.

Sorri e baixei a bola. Confesso que meu coração estava disparado, mas eu precisava me acalmar para aproveitar essa oportunidade.

– Vô, minha mãe me contou que você sempre quis ter uma filha e que adoraria ter uma neta. Por que essa preferência pelas meninas?

Por mais estranha que fosse essa pergunta, sempre tive essa curiosidade.

– É verdade, querida. Fui criado para ser "duro" e realmente vesti esse personagem. Acreditei em coisas que antigamente diziam muito, como "homens não choram" e outras coisas assim.

Achei um absurdo, mas não quis atrapalhar o raciocínio.

– Achava que uma filha me traria a leveza que me faltou na juventude. E foi o que aconteceu. Aprendi outro lado da vida com sua mãe e, certamente, com você...

Opa! Aí fiquei bolada!

– Comigo? Mas como?

– Você pode não acreditar, mas estou sempre de olho em você.

Bateu aquela culpa, sabe como é? Como se o Papai Noel estivesse colocando meu nome na lista dos "estou na dúvida", sei lá!

— Ai... jura? Mas eu faço umas besteiras de vez em quando... acho que meu maior defeito é a teimosia. Para que eu mude de ideia, a pessoa tem que me convencer e isso dá um trabalhão. Será que isso é muito ruim? Você tinha defeitos, vô?

E sorrindo ele falou:

— Muitos, querida! Nunca fui santo. Pequei muito nos exageros, mas quando sua mãe nasceu, fui deixando um por um, pois sabia que se continuasse não iria poder acompanhá-la por muito tempo.

— Ah! Minha mãe contou que você fez dieta, parou de fumar e de beber.

— Sim, querida. Não tenho orgulho desses vícios.

— Mas minha mãe sempre fala disso com muito orgulho de sua força de vontade. Isso é para os fortes! Você foi incrível.

Percebi que ele ficou um pouco envergonhado e me disse:

— Obrigado, querida.

— Vô, voltando um pouco no passado, como você conheceu a minha vó?

— Ah, eu sempre fui apaixonado por sua avó. A conheci por intermédio do seu tio-avô, irmão dela. Nós éramos bons amigos e, com o tempo, me tornei da família. Sua avó foi quem me deu a oportunidade de começar a ficar mais suave. No início, eu era muito ciumento.

    Interrompi e disparei:

    – Sei... aquele papinho de que a mulher é propriedade do homem, né? Ninguém merece!

    – Sim, essa foi minha criação, mas fui mudando aos poucos e percebi que ela não precisava de amarras, só de amor.

    – Fooooofo! Achei romântico, vô! Tomara que um dia eu viva um amor também!

    Falei isso sem pensar e fiquei com muita vergonha.

– Bom, vamos mudar de assunto – disse rindo, mas ainda muito sem graça.

– Vô, minha mãe diz sempre que você tinha muitas habilidades com trabalhos manuais, o que eu não tenho muito, queria ter. Pena que você não está mais aqui para me ensinar, mas tem uma habilidade que ela disse que você tinha que eu também tenho. Sabe qual é?

– Qual, querida?

– Chuta! Já tô dando uma dica... – disse, piscando um olho.

– Huummm... eu gostava muito de jogar futebol. Eu era goleiro e diziam que era dos bons.

Ele disse piscando de volta.

– *Yeeeessss*!!! Eu A-M-O futebol. E também dizem que sou boa. Isso eu falo sem modéstia. Você pode me ver jogando de onde estiver?

– Claro, querida! Já até vi e concordo! Você manda muito bem! É assim que se fala, né? – disse rindo.

O papo estava muito animado e eu estava mega *power* feliz.

— Vô, minha mãe disse que você adorava cantar e que tinha uma bela voz. Qual era sua música favorita?

— Sim. Eu realmente gostava muito de cantar. "Índia" era minha música favorita.

— Pode cantar um pouquinho pra mim, vô? Diz que sim, vai...

Acho que ele gostou do pedido e começou:

"Índia seus cabelos nos ombros caídos,
Negros como a noite que não tem luar,
Seus lábios de rosa para mim sorrindo
E a doce meiguice desse seu olhar..."

Nessa hora ele parou, me olhou profundamente, com o mesmo olhar da minha mãe. Nossa! Cheguei a ficar arrepiada só de pensar nisso!

Para quebrar o clima estranho, eu disse:

— Continua, vô...

Ele me olhou com os olhos marejados e disse:

— Querida, está na minha hora, preciso ir.

Nossa! Meu coração parou! Eu não sabia o que dizer, perdi o ar e as palavras, coisa rara de acontecer comigo. Fiquei em silêncio e não contive as lágrimas que, por mais que eu tentasse segurar, rolavam sem me obedecer. E ele falou:

— Iara, querida, "levarei saudade, da felicidade, que você me deu... a sua imagem, sempre comigo vai, dentro do meu coração". Adeus, minha netinha amada.

Fiquei estatelada. Com muita vontade de abraçá-lo, como fiz com minha mãe, mas isso não era possível. Então finalmente consegui falar algo.

— Vô, eu te amo.

Espero que tenha dado tempo dele ouvir, pois quando consegui limpar os olhos das lágrimas que teimavam em cair, ele já não estava mais lá na cadeira de balanço.

Fiquei um tempo pensativa, como se estivesse voltando de uma longa viagem. Nesse mesmo instante, minha mãe entrou no quarto e disse toda alegre como de costume.

— Oi, querida! Vamos acordar?

Por um minuto, ela parecia tanto com meu avô que gelei.

Então falei:

— Mãe, você sempre disse que entre nós não deve haver segredos e que eu posso contar qualquer coisa para você. Será que eu posso mesmo? Será que se eu contar uma experiência que eu tive, você vai acreditar em mim?

Ela me olhou meio desconfiada, mas falou:

— Claro filha! O que foi?

— Senta aqui do meu lado, mãe. Tá vendo a cadeira de balanço?

Assim, contei tudinho, em detalhes. Diferente de mim, ela não se perdeu no textão. Ficou atenta do início ao fim, sem uma interrupçãozinha sequer, coisa que para ela é sempre muito difícil.

No final da minha história, eu disse:

— Então, mãe, no que está pensando?

Ela só me abraçou e não dissemos mais nada.

Ficamos ainda mais amigas e unidas depois disso. Não que eu tenha deixado de ser tão teimosa quanto antes, claro!

Ah, depois de um tempo, descobri que as palavras finais do meu avô no nosso encontro eram trechos da música favorita dele.

Foooofo!

E você? O que achou desta história? Sei que alguns vão achar blá-blá-blá, talvez eu também achasse se me contassem. Outros acharão que foi um sonho, sei lá.

Você já teve ou gostaria de ter uma experiência parecida?

Como seria?

Já viu que sou perguntadeira, né?

Então... #ficaadica...

Faça um desenho ou um texto bem legal sobre o SEU encontro. Pode ser para um amigo distante, para uma pessoa que já se foi ou mesmo para alguém com quem você sempre quis dizer o que sente, mas nunca teve coragem...

Ah! Como toda boa "quase pré-adolescente" curiosa, iria curtir muito receber sua história/desenho, se quiser compartilhar comigo, claro.

Juro que não vou achar que é blá-blá-blá!

Então, tá... fui!

Beijocas...

Iara (e todos meus ancestrais)

POSFÁCIO

Eis uma fábula muito especial que ilustra uma conversa de mãe e filha sobre acontecimentos inevitáveis nas fases da vida.

E se lidar com a morte já é difícil para o adulto, é ainda mais desafiador para crianças.

Iara é uma menina fora do comum e se recente por não ter conhecido o avô. Talvez, o tema cause estranheza, mas ela não fica satisfeita com as histórias que a mãe conta sobre o avô, o que vem despertando ainda mais a sua curiosidade.

Como o desejo de conhecer mais sobre a vida do avô deixou de ser considerado impossível para se tornar algo racionalmente explicável? Como foi esse encontro e como conheceu um pouco mais sobre si mesma?

A necessidade de pertencimento é inerente ao jovem, pois pertencer, além de fazer parte do processo de elaboração da própria identidade, é também um acontecimento inevitável nessa fase da vida.

Provocada pelo medo, ela consegue se desvencilhar e se vê ávida para o encontro com o avô. Mesmo sabendo que na maioria das vezes é tudo coisa da cabeça dela, a ausência de coragem não a paralisa. E mergulha no impulso de explorar suas curiosidades, seus sentimentos, pensamentos e emoções, permitindo a fluência da vida.

Iara vive como se nunca quisesse abandonar a ideia de conhecer o avô. E foi por meio da sua capacidade imaginativa que criou a projeção do avô na cadeira vazia, assim como acontece nos contos infantis.

Um encontro inesquecível em que ora ela assume seu próprio papel, ora o papel do avô sentando-se na cadeira vazia e representando a pessoa à qual deseja falar algo ou dela obter resposta e explicação. Quem sabe buscar um novo significado ao fato de querer viver da alegria que os reencontros trazem.

Um conto que promove uma vivência útil de situações inacabadas, nas quais a criança tem dificuldade de conseguir respostas satisfatórias, devido à existência de sentimentos conscientes ou não. Ele estimula a capacidade de imaginação. Afinal, a espontaneidade é um aspecto natural da criança, assim como a própria criatividade.

Ligia Barbosa

Graduada e especialista em Psicologia Clínica, pós-graduada em Psicologia Hospitalar, Aperfeiçoamento Multiprofissional em Cuidados Paliativos, Terapia Cognitivo Comportamental na Infância e Adolescência e especialização em Distúrbios do Sono, Orientação Vocacional (Instituto Ser) e Terapia Sistêmica de Família.

Atua como psicóloga clínica.

Helenita de Araujo Fernandes é mãe (sempre em primeiro lugar), carioca da gema, psicóloga e educadora de formação e coração. No passaporte de leitora, tem inúmeras viagens carimbadas, sendo que suas preferidas, sem dúvida, estão relacionadas às obras infantis e infantojuvenis. Tanto que resolveu partir para a aventura de escrever seu primeiro livro nessa categoria, esperando ser a primeira de muitas outras obras.

Contato: helenita_f@hotmail.com
@helenitaafernandes

Lucielli Trevizan é ilustradora, diagramadora, diretora de arte e escritora. Formada em Design Gráfico pela UTFPR, pós-graduanda em Produção Editorial pela LabPub. Mora em Curitiba/PR. É apaixonada por gatos e pela arte, ama dar vida à histórias e sonhos por meio das ilustrações. Também já sonhou com seu amado avô após ele ter falecido. Dele, herdou o amor pelos pássaros e por andar de bicicleta!

Contato: luciellimahira@gmail.com
@lucielliarte